LES

PETITS NAUFRAGÉS.

—

P. IN-18 5ᵉ SÉRIE.

LES
PETITS NAUFRAGÉS

PAR

RENÉ DE MONT-LOUIS.

LIMOGES

EUGÈNE ARDANT ET Cᵉ, ÉDITEURS.

LES PETITS NAUFRAGÉS.

M. Danville, riche négociant du Havre, resté veuf avec trois enfants, Paula, jeune fille de quatorze ans, Georges, âgé de douze ans, et Cécile, plus jeune de quelques années, venait de céder la suite de ses affaires à son associé. Sans ambition, satisfait de sa fortune, M. Danville quittait le commerce et le Havre pour retourner à la Martinique, sa patrie, et là se livrer tout entier aux soins que nécessitait encore l'éducation de ses enfants, et aussi pour fuir les lieux qui l'avaient vu si heureux et qui lui rappelaient sans cesse mille souvenirs déchirants de son bonheur passé et enfoui dans la tombe de sa femme. Il se hâta donc de réaliser sa fortune, fréta un bâtiment pour lui et sa famille, et, en accordant le commandement à un jeune lieutenant de ses amis, il partit, après avoir pris toutes les tendres précautions d'un bon père pour rendre agréable à ses enfants le long voyage qu'ils allaient entreprendre. M. Danville emmenait aussi avec lui son vieux nègre, Jéroboam, qui l'avait vu naitre, et qui, l'aimant à l'égal d'un père, avait voulu le suivre en France. A la nouvelle du départ pour la Martinique, le vieux Jéroboam, que l'influence de nos climats tempérés, autant que ce désir violent de revoir la patrie, et qu'on appelle si poétiquement mal du pays, avaient attristé sur ses vieux jours, Jéroboam, dis-je, fit éclater des transports de joie impossibles à décrire ; ses yeux pétillaient d'un feu inaccoutumé, et ses jambes, alourdies par l'âge, trépignaient d'impatience. Rendu muet par l'excès de la joie, il l'exprimait par une pantomime pleine de gestes et de contorsions burlesques : Jéroboam était redevenu jeune.

Le navire mit à la voile ; rien ne manquait à bord. Le ciel était pur : un vent léger enflait les voiles et faisait voltiger le pavillon français hissé au grand mât. Le vaisseau filait, penché sur sa poupe, comme une hirondelle fend l'air les ailes à demi déployées. Les matelots chantaient au revoir au rivage de France, et la famille Danville, les yeux à la terre, lui disait un éternel adieu. Le Havre et sa jetée disparurent bientôt dans la brume, et l'on ne vit plus que le ciel et la vaste mer.

Les jours s'écoulaient calmes et heureux : le vent propice poussait le navire, et la jeune famille occupait les loisirs de la traversée en lectures et en études. Le nouveau pays qu'ils allaient habiter faisait le texte de toutes les conversations, et Jéroboam, plutôt ami que serviteur, leur en faisait des descriptions si fantastiques que Georges, dont la jeune imagination s'enflammait à ces récits, peuplait cette belle partie de l'Amérique de fées et de génies. La fée bienfaisante qui enrichit ce pays de ses dons si variés, c'est la nature. Le génie qui a présidé à la création de ces merveilles, de ces réalités fantastiques, c'est Dieu.

Le voyage touchait à son terme : encore quelques journées, et leur pied foulerait le sol de l'Amérique. Quelle joie! quel bonheur !

Mais il n'en devait pas être ainsi. Un jour, le quarantième de la traversée, tout dormait à bord ; la journée avait été brûlante, le vent était tombé, et le vaisseau se balançait sur les flots argentés, attendant le vent favorable. La nuit vint, et tous se fiant à un calme si trompeur, s'en allèrent dans leur hamac se reposer des ardeurs de la journée. Les matelots de quart seuls veillaient. Tout-à-coup la mer commença à mugir en s'agitant; les vagues s'entrechoquaient comme soulevées par une force intérieure, et lançaient une écume blanche et phosphorescente. Des nuages noirs avaient voilé les étoiles, et un vent violent surgit instantanément. Tout l'équipage fut sur le pont en un instant. De larges éclairs sillonnaient le ciel, et la foudre éclatait de tous côtés. Les vagues horriblement agitées s'élançaient au-dessus du navire, tantôt l'enlevaient sur les montagnes rapides, tantôt, l'entraînant dans des abimes, l'emportaient sans qu'il fût possible de lui donner une direction. Un coup de fouet abattit le mât de beaupré, et le navire se mit à tournoyer comme un homme ivre. Le capitaine, pâle, les yeux hagards, s'arrachait les cheveux, sans songer au salut du navire; la peur de la mort l'avait laissé sans voix et sans courage ; les matelots recommandaient leur âme à Dieu. Tout-à-coup un cri de terreur, un cri de mort surmonte le bruit du vent et des vagues : le navire venait de se briser contre un rocher.

M. Danville, voyant le danger imminent, avait, à la hâte, aidé de son nègre fidèle, lié quelques planches entre elles pour former un radeau, car les chaloupes avaient été envahies. Dans ce moment suprême, où la vie est en question, il n'y a plus de rang, plus de distance; on pense à soi, et le propriétaire du navire fut oublié. Il dépouilla ses enfants des vêtements les plus gênants, et attendit le moment favorable pour lancer son radeau à la mer. Jusqu'au jour, le navire resta pour ainsi dire accroché aux flancs du rocher; mais les vagues, qui le choquaient avec fureur, l'en arrachèrent, et

Il commença à *sombrer*. Alors M. Danville
lança son radeau à la mer et s'y préci-
pita après. Jéroboam descendit les enfants sur cette frêle embarcation. Paula
priait avec ferveur, et Dieu entendit sa
prière, car les vagues se calmèrent peu
à peu, et M. Danville put diriger le radeau vers un rivage qui n'était qu'à une
demi-lieue de là. Le pauvre père aborda;
son premier soin fut de délier ses enfants
attachés aux planches; puis il les entraî-
nait loin du rivage, lorsque des cris per-
çants s'élancèrent de la mer. M. Danville
se retourne et voit Jéroboam luttant en
vain contre les flots : il s'était accroché à
un débris du navire, et il implorait du
secours. S'élancer de nouveau à la mer,
nager vers le pauvre vieillard, dont l'âge
et la peur avaient paralysé les forces, fut
pour M. Danville l'affaire d'un moment.
Il arrive; Jéroboam abandonne la plan-
che qui le soutenait et s'attache au cou
de son maître, qui se débat un instant

pour ne plus reparaître. Les petits naufragés, pâles, tremblants, attendaient avec anxiété ; mais les vagues les avaient ensevelis pour toujours, et ils restèrent orphelins sur une terre inconnue.

Georges et Cécile poussaient des cris affreux, appelant leur père, implorant le ciel ; Paula restait plongée dans un sombre désespoir : de longs sanglots soulevaient sa poitrine, et des larmes silencieuses coulaient le long de ses joues. Après quelques heures de pleurs et de consternation, Paula, sentant sa position, s'arma de courage, et résolut de tenter tous les efforts humains pour sauver les deux jeunes enfants dont elle devenait et la sœur et la mère.

Pauvre jeune fille ! à quatorze ans seule dans un désert ! Elle prit Georges et Cécile par la main, et les entraîna de ce rivage funeste, se dirigeant vers une forêt qui étendait non loin de là ses ombres salutaires. Ils arrivèrent sous un immense dôme de verdure produit par des dattiers, des cocotiers, des palmiers gigantesques. Là des buissons, des ambroisiers leur offrirent leurs fruits rouges, semblables à la cerise, et dont l'eau calma la soif qui les brûlait. M. Danville recevait souvent au Havre des envois de fruits d'Amérique, et Paula put reconnaître ceux qui l'entouraient; mais comment cueillir ce fruit si délicieux du cocotier à ces hauteurs immenses! Heureusement quelques-uns de ces fruits gisant au pied des arbres leur fournirent leur premier repas. La nuit vint, et la peur les força à chercher un asile contre les animaux qui devaient peupler la forêt. Un taillis fort épais se présenta, et c'est là qu'ils résolurent de passer la nuit. Ils se couchèrent, et les fatigues du jour les eurent bientôt endormis.

Le lendemain, se voyant perdus pour jamais, sans doute, dans ce pays inconnu, les pauvres naufragés songèrent à améliorer leur position. Aucun animal féroce ne les avait approchés la nuit ; et, le matin, une nuée de singes et de perroquets vint s'abattre sur les dattiers voisins pour faire leurs provisions.

Georges avait souvent entendu raconter une aventure à Jéroboam qui, pendant sa jeunesse, ne sachant comment se procurer les fruits d'un arbre, avait livré bataille à des singes qui l'habitaient en leur lançant des pierres, et les jockos, ne sachant comment riposter à cette attaque, avaient lancé les fruits dont ils venaient s'approvisionner. Le petit garçon usa de ce stratagème, doutant un peu du succès, qui cependant réussit au-delà de ses espérances ; car les singes, obéissant à leur instinct d'imitation, lancèrent une telle quantité de dattes qu'ils ne savaient plus où les mettre. Les voilà abondamment pourvus de nourriture ; il faut maintenant songer à une habitation. Paula voulut en cons-

truire une avec des pierres et des branches d'arbres liées ensemble. Georges
avait dans la poche du pantalon que son
père lui avait laissé, avec sa chemise,
pour tout vêtement, un couteau anglais;
mais il coupait si peu qu'il ne pouvait
couper la moindre branche. Il usa encore d'un moyen emprunté à Jéroboam:
il chercha une pierre et commença à ai-
guiser son couteau. Il y mit tant d'ardeur que le frottement produisit une
étincelle; il appela sa sœur, et devant
elle il renouvela l'expérience. Vous ju-
gez de leur joie de pouvoir faire du feu.
On se mit à la recherche d'une plante
sèche, et la mousse du lycopode eut
bientôt remplacé l'amadou. En quelques
instants ils eurent un grand feu, que Cécile entretint de branches sèches; ils
avaient rejoint le feu au pied d'un arbre,
et Paula s'aperçut bientôt que le tronc se
consumait peu à peu. Georges et Cécile
alimentèrent la flamme, en entourèrent

la tige, et quelques heures après, le roi des airs, le cocotier superbe, miné dans sa base, tomba à terre avec un grand fracas.

Les larges feuilles du cocotier pouvaient aider à couvrir la cabane, et bientôt, avec des oseraies liées ensemble, ils eurent construit une petite hutte, dont les feuilles de l'arbre firent la toiture, et des lits de mousse en formèrent l'ameublement provisoire.

Le courage revenait à la triste famille, à mesure que le temps éloignait d'eux le fatal événement qui les avait privés d'un père et jetés sur une plage inconnue. Chaque jour de nouvelles améliorations venaient embellir leur maison de feuilles : tantôt c'était un mur de pieux qui en défendrait l'entrée, tantôt c'était une toiture de bananiers qui les protégerait contre les pluies et le vent.

Georges, armé d'un bâton noueux, son couteau dans sa poche, faisait souvent des excursions dans l'intérieur de l'île. Un jour, il descendit dans une fraîche et riante vallée qu'arrosait une rivière, où se miraient, en s'y penchant, le cycas et le tamarinier. Au bord de la rivière, il découvrit des œufs de cygne, dont il fit une ample provision. Il revint tout joyeux et chantant, ne songeant plus à l'Europe, à la France, où il avait vécu si heureux. Il offrit sa précieuse découverte à sa sœur. On fit cuire les œufs dans les cendres, et ce jour là la petite famille fit un repas exquis.

Cependant Paula, aidée de Cécile, était parvenue à confectionner des vêtements aussi gracieux que commodes, car ils ne gênaient en rien les mouvements; à l'aide d'une plante filamenteuse et d'une épine percée en forme d'aiguille, elle avait pu réunir les feuilles et en former une tunique rattachée à la ceinture par plusieurs fils réunis. Georges, de son côté, leur fit un jour une délicieuse surprise : en revenant d'une excursion, il rapporta deux parasols faits de la même feuille d'encalyptus, taillée en rond et emmanchée dans un bâton. Paula tressa des feuilles de palmier coupées en bandes étroites, et en fit des nattes pour le parquet de leur maison, et bientôt des hamacs remplis de mousse remplacèrent leurs premiers lits. Georges, un jour, rapporta un jeune singe qu'il avait pris sur un arbre, et que Cécile baptisa aussitôt du nom de Coquet. Caressé, bien nourri, le petit animal se familiarisa bientôt avec sa nouvelle condition, et devint le commensal inséparable de la petite colonie.

La saison des pluies arriva; il fallut rester à la maison. Alors on s'occupa d'améliorations dans l'intérieur de la chaumière. Paula et Cécile firent des nattes dont on recouvrit tout l'intérieur du mur. On fit fondre dans de larges coquilles la gomme qui suinte du palmier, et qui servit à boucher au toit les interstices par où filtrait la pluie. Pendant ce temps, Georges tramait un filet avec les fils du phormium. Dans les belles journées, il allait tendre ses rets dans les bois : puis, battant les taillis d'alentour, il y prenait souvent des perdrix, des faisans, qui leur fournissaient d'excellents repas. Le soir, il taillait dans la noix du cocotier des coupes, des assiettes, grossières sans doute, mais bien utiles. Coquet, assis gravement au coin du feu, grignotait une datte, une baie, ou quelque autre fruit.

Rien ne troublait le bonheur calme de la petite colonie ; les produits de la chasse de Georges fournissaient une chère exquise et abondante, et la fourrure du kangourou promettait de chaudes couvertures pour la saison d'hiver. Deux ans s'étaient écoulés exempts de crainte et d'agitation, et ils avaient oublié la France, leur patrie, lorsqu'un jour Georges accourut annoncer à ses sœurs qu'il apercevait une voile à l'horizon. Aussitôt, s'armant d'une longue perche, à laquelle il suspendit des feuilles de bananier, il partit avec ses sœurs, et tous trois montèrent sur le rocher, attendant que le bâtiment fût en vue de l'île. Alors ils poussèrent de grands cris, en agitant leur perche. Les signaux furent aperçus, car le navire tira deux coups de canon, mit en panne, et jeta un canot à la mer.

Paula et Cécile s'étaient jetées à genoux, remerciant Dieu de sa bonté infinie. Le canot aborda et recueillit les pauvres petits naufragés. Ils retournèrent dire adieu à cette pauvre cabane où ils avaient vécu si heureux. Ils en emportèrent ces chaises, ces hamacs, ces coupes, fils de leur industrie; Cécile prit dans ses bras Coquet, qui l'avait en affection; puis ils se dirigèrent vers le navire.

Arrivés sur le pont, ils furent l'objet

de mille questions et de mille tendres soins. On leur donna des vêtements européens, et le navire, qui faisait voile pour l'Amérique, les déposa à Saint-Pierre, où depuis deux ans la famille de leur père les attendait en vain.

ADRIEN BRAWER.

Dans un des faubourgs de la ville d'Oudenarde, vivait, au commencement du dix-septième siècle, une pauvre veuve. Elle était restée seule, en 1609, avec un enfant qu'elle avait eu de son mariage avec maître Martin Brawer, et le petit garçon avait été baptisé par le curé de la paroisse sous le nom d'Adrien Brawer.

Cette malheureuse femme vivait, elle

et son fils, du produit de son travail, et Dieu seul sait les misères de ce pauvre ménage : on y mangeait plus souvent du pain que des mets plus délicats, et la nuit venue, lorsque l'enfant était endormi, la bonne Marthe veillait encore bien tard, travaillant avec ardeur pour gagner le pain du lendemain. Le petit Adrien avait ainsi atteint l'âge de six ans ; la semaine il restait à jouer près de sa mère, et le dimanche elle le menait avec elle aux offices, puis de là passer le reste de la journée chez quelque amie du voisinage. C'était les jours de bonheur de l'enfant ; non qu'il fût friand des bonnes galettes que préparait à son intention la voisine, non qu'il aimât les caresses et les amitiés que lui prodiguaient la bonne dame et ses enfants, mais c'est que chez la dame Lothar il y avait de bien beaux tableaux pendus sur les murs du parloir, et qu'Adrien n'avait pas plus grande joie que de contempler ces vieilles toiles où étaient représentées des scènes de buveurs, des noces de villages, des intérieurs flamands. Lorsqu'il était à contempler ces œuvres, rien ne pouvait l'en distraire. Il avait même fini par apporter du papier et des crayons, et il essayait de copier des figures, des animaux, des fleurs, qu'il donnait ensuite aux enfants de l'amie de sa mère.

Une bonne aubaine advint pour cette pauvre femme. En revenant un jour de rendre de l'ouvrage, elle trouva dans une rue une bourse contenant quinze florins : c'était presque une fortune pour elle. Elle la porta chez le bourgmestre, qui fit proclamer à son de trompe la trouvaille de la bonne Marthe ; mais personne ne se présenta, et le bourgmestre la lui rendit en lui disant qu'elle pouvait désormais en disposer.

Marthe fit à l'instant des provisions pour un bon diner; c'était si rare! puis elle alla inviter sa voisine et ses enfants.

En revenant, elle passa devant un marchand de couleurs et de papier, et regardant de belles boites où étaient étalées des tablettes de couleurs éclatantes, elle se prit à soupirer.

— Mon pauvre Adrien serait-il heureux s'il avait une boite pareille à celle-ci! mais ce doit être bien cher. Si j'entrais cependant.... oh! non, je n'ose pas; on se moquerait de moi de me voir marchander ces objets qui ne sont que pour les riches.... Eh! j'ai encore quatorze florins.... il n'y a rien de trop cher pour mon enfant; c'est le bon Dieu qui m'a envoyé ce bonheur, il faut qu'Adrien en ait sa part.

Et elle entra d'un air résolu.

Elle s'avança vers un gros homme, et lui demanda le prix d'une de ces boites qui garnissaient l'étalage.

— Ah! c'est cher, ma bonne dame; mais c'est beau et bon. Et puis voyez dans le compartiment de dessous : il y a des crayons, un couteau, des équerres; enfin tout l'attirail d'un peintre. Cela vaut quatre florins.

Marthe soupira; et ne quittant pas la boîte des yeux, elle dit :

— C'est bien cher, et je suis trop pauvre en ce moment.

Elle pensait à l'hiver qui avançait, aux vêtements chauds qu'il lui faudrait acheter pour son enfant, au charbon pour son chauffe-doux, et elle pensait que cela valait mieux que de satisfaire à une fantaisie.

— Pour qui est-ce donc? reprit le gros marchand, qui voyait sur la figure de Marthe le chagrin qu'elle éprouvait.

— C'est pour mon fils, Monsieur, qui a sept ans bientôt, et qui aime tant à peindre et à dessiner, qu'il n'en mange pas quelquefois.

— Allons, reprit le marchand, je ferai un rabais d'un florin, et je vous donnerai par-dessus le marché un carnet plein de beau papier pour dessiner. Cela vous va-t-il?

— Allons, votre bonté m'encourage; j'accepte.

Et tirant trois florins de sa poche, elle les donna au marchand, qui lui remit la boîte et le carnet soigneusement enveloppés.

Marthe ne fit qu'un saut jusque chez elle; elle trouva Adrien qui l'attendait, et qui déjà s'inquiétait de sa longue absence.

— Ah! te voilà, mère; que je suis content! Et il l'embrassa avec effusion. Mon Dieu, que tu as donc chaud! pourquoi es-tu venue si vite? Je te gronderai, moi, quand tu te fatigueras ainsi.

Et de sa petite main, armée d'un mouchoir de toile, il essuyait le front de sa mère, où perlaient des gouttes de sueur.

— Adrien, devine ce que j'ai là? dit la

mère, dont les yeux rayonnaient de joie en montrant son précieux paquet.

— Je ne sais, mère ; quelque emplette pour toi. Veux-tu me montrer ce que c'est?

— Oui, mon enfant, d'autant plus que c'est pour toi.

— Cela est à moi, bien vrai? Voyons donc bien vite ce que c'est.

Et avec une enfantine curiosité, il cassa les ficelles qui enveloppaient le papier, découvrit la boite, tourna la petite clef qui fermait le dessus, et l'ouvrit. A la vue des tablettes de couleur, des encres de couleur, des godets de verre qu'elle contenait, des pinceaux de toute dimension, Adrien resta un moment tout ébahi, en extase; puis, se tournant vers sa mère, il se jeta dans ses bras; ses yeux étaient pleins de larmes; il ne trouvait pas de paroles pour exprimer sa joie et son bonheur

Il passa sa journée à regarder, à examiner toutes ces richesses, mais sans oser encore y toucher, tant il avait de peine à se persuader que ce fût bien à lui.

Le lendemain, dès le point du jour, Adrien Brawer était levé, et, armé de ses crayons et de ses pinceaux, il se mit à dessiner. Il peignit d'abord le portrait du chat de sa mère, et avec ce génie seul qu'ont les véritables peintres, il trouva des tons exacts, et fit si bien qu'avant midi, heure du dîner, il avait fini le portrait du matou. Ce fut son premier grand dessin. La bonne Marthe ne pouvait se lasser de l'admirer.

Adrien s'en prit à tous les meubles de l'appartement, les dessina tous; puis ce fut le tour de deux vieilles images de saints clouées dans l'alcôve de sa mère; puis il essaya de la peindre elle-même; ensuite il copia des fleurs, des oiseaux, des fruits, avec une facilité merveilleuse. Ces petits travaux devinrent même une ressource pour la pauvre femme. L'hiver était venu, l'ouvrage lui avait manqué, et souvent il n'y avait pas eu d'argent, même pour acheter du pain... elle eut l'idée d'essayer de vendre les petits dessins d'Adrien Brawer, et elle les proposa à des femmes de la campagne, soit en échange de denrées, soit pour de l'argent. Quelques-uns des plus jolis dessins se vendirent : cela encouragea le jeune enfant, qui se mit à travailler avec plus de courage qu'avant. Son industrie ne lui donnait-elle pas le moyen de nourrir sa mère?

Il fit donc des dessins, et surtout des oiseaux; c'était ce qu'il faisait le mieux, et ce qui se vendait au meilleur prix. Adrien n'avait pas eu d'autre maître que la nature ; jamais il n'avait reçu de personne aucune leçon ; mais il avait un goût et une facilité d'exécution qui étonnaient tous ceux qui voyaient les dessins d'un si jeune enfant.

Trois ans se passèrent ainsi : Adrien avait fait de grands progrès. Dès le matin il partait, allait dans la campagne, dessinant ici quelque troupeau de moutons, là des vaches paissant dans les vertes prairies qui avoisinent Oudenarde, sans oublier le petit berger. Un jour c'était des points de vue avec un moulin à vent, un autre c'était l'auvent de quelque cabaret avec des buveurs jouant aux cartes ou se battant.

Ce fut dans une de ces promenades que le fameux peintre François Hall remarqua l'enfant occupé à peindre des coqs entourés de poules suivies de nombreux poussins. Il le regarda faire pendant quelque temps, et fut émerveillé de la facilité et de la justesse du coup d'œil d'Adrien. Alors, lui frappant sur l'épaule, il lui demanda s'il ne voudrait pas se consacrer à la peinture.

— Ah! Monsieur, c'est mon seul désir; mais il faut beaucoup travailler, et ma mère est bien pauvre ; elle parle même de me mettre en apprentissage : et cependant je sens là, il frappait son front, que je deviendrais un peintre aussi.

— Eh bien ! mon enfant, si tu veux, cela peut s'arranger ; conduis-moi chez ta mère, je ferai tout ce qui dépendra de moi pour que tu restes peintre.

Adrien l'emmena donc chez Marthe ; et comme la bonne femme, malgré le chagrin qu'elle ressentait de se séparer de son fils, espérait le voir assurer son avenir, elle consentit à le laisser partir avec François Hall ; les conditions étaient trop avantageuses pour qu'elle les refusât.

François Hall en effet offrait de se charger d'Adrien Brawer, de le nourrir et de l'instruire dans sa propre maison, sans qu'il en coûtât un florin à la pauvre femme.

Adrien partit donc avec son maitre, et

ce fut une bien cruelle séparation que celle de cette mère et de ce fils qui ne s'é-taient jamais quittés. Adrien pleura beaucoup; mais l'espoir de devenir bien vite un peintre célèbre, et de revenir passer le reste de ses jours près de sa mère, sécha ses larmes : s'il s'éloigna le cœur gros de chagrin, il était aussi plein de courage. La pauvre mère l'embrassa bien tendrement, lui fit mille recom-mandations, et étendant sur lui ses mains, elle pria Dieu de bénir son uni-que enfant.

Adrien entra dans la maison de Fran-çois Hall, et se mit courageusement au travail; mais au lieu des leçons qu'il lui avait promises, le peintre flamand le fit travailler sans conseil, laissant tout à sa jeune inspiration. Au lieu des soins qu'il attendait après les promesses de Fran-çois, il fut relégué dans un grenier, et là il fit des tableaux sur des sujets que lui indiquait son maître : il travailla sans relâche, et devint un des plus habiles peintres de la Flandre.

Ces tableaux disparaissaient aussitôt après qu'ils étaient terminés. Où allaient-ils? Adrien l'ignorait; mais il ne les revoyait jamais. Hélas! cela est honteux à dire, mais cela est vrai : François Hall, qui avait deviné le mérite naissant de Brawer, n'avait offert de s'en charger que dans le but intéressé de profiter de son talent pour s'en approprier le prix, et de le faire travailler à sa propre fortune. François Hall vendait fort cher chacun des tableaux du pauvre enfant.

Et puis avec quelle dureté il le traitait! le forçant sans cesse de travailler, l'assujétissant à un labeur perpétuel, il joignait les mauvais traitements à la plus vile avarice. Il battait le pauvre Adrien lorsqu'il n'avait pas fini la tâche qu'il lui avait imposée, et souvent même il lui refusa du pain, sous prétexte qu'il n'était pas content de son travail.

Plus d'un an s'était écoulé, et Adrien, toujours enfermé dans son grenier, n'était pas sorti une seule fois. Le jeune peintre était accoudé sur le rebord d'une croisée qui donnait sur une cour déserte, et dont la vue s'étendait au-delà dans la campagne. Ses yeux avides contemplaient ces plaines qui fuyaient au loin, et le ciel gris d'un soir d'automne. Les hirondelles volaient en poussant des cris aigus, et Adrien les suivait de l'œil en murmurant :

— Que vous êtes heureuses, petites bêtes, de voler partout où votre fantaisie vous emporte! vous êtes libres, vous; vous avez le ciel pour horizon, la terre entière pour demeure. Ah! que j'envie votre sort! Mon Dieu, qu'est devenu le temps où j'étais chez ma mère, où j'allais me promener dans la campagne, au bord des ruisseaux! Je voyais des troupeaux de belles vaches, j'entendais la chanson du laboureur, je dormais en plein soleil, j'étais heureux. Oh! ma pauvre mère, pourquoi m'as-tu laissé partir!... Mais ce temps reviendra. Oui, oui, je ne veux pas rester éternellement dans ce grenier sombre, dans cet air empesté; je veux vivre, je veux être libre, moi. Oh! la liberté, quel bonheur! Je retournerai à mes vallées que j'aime tant, j'irai me réchauffer au soleil, ranimer mon sang qui se refroidit dans mes veines. Oh! cela sera bientôt....

Il en était là de sa rêverie quand François Hall rentra; il lui apportait un maigre souper de pain et de fromage, et il grommelait encore, le vieil avare, d'être obligé de le nourrir, lui qui s'enrichissait du produit de son travail.

— Allons, lui dit-il durement, soupe et couche-toi, fainéant, pour être levé demain au jour et me faire ce tableau que je t'ai demandé. Il me le faut pour la fin de cette semaine; c'est aujourd'hui dimanche... et...

— Comment, c'est aujourd'hui dimanche? dit l'enfant, qui ne savait plus quels jours étaient consacrés au travail et au repos.... c'est vrai; j'ai entendu le carillon joyeux d'une église...

— Eh bien! qu'est-ce que cela te fait que ce soit dimanche ou un autre jour?

— C'est que ce jour-là j'allais prier Dieu avec ma mère... et puis...

Un triste sourire effleura sa lèvre pâle; il pensait aux bonnes galettes de madame Lothar, et il jetait un regard douloureux sur son pain dur et son fromage moisi.

— Prier Dieu, prier Dieu, reprit François Hall, c'est bon pour les paresseux qui préfèrent courir les églises que de travailler. Allons, soupe, et dépêche-toi; je te répète que je veux ce tableau pour samedi prochain, ou sinon tu auras affaire à moi.

Et il sortit.

— Que cet homme est méchant! mur-

mura Adrien quand son maître fut parti;
toujours des menaces, des coups! Encore s'il me donnait des leçons de peinture, comme il l'avait promis à ma mère,
je ne me plaindrais pas, car il me nour-
rit, il me loge, et il m'apprendrait son
art... Mais non, il me frappe, il m'acca-
ble de mauvais traitements, et tout cela
pourquoi? pour me faire travailler à des
tableaux qu'il emporte toujours, sans me
dire s'il en est content ou non... Cependant j'ai cru deviner dans son regard
qu'il était content de ma dernière toile;
ses yeux brillaient, et un sourire a passé
sur ses lèvres. Deviendrai-je jamais un
grand peintre? et comment le puis-je, ne
voyant jamais la nature, sans cesse ren-
fermé dans ce grenier. Oh! ma liberté,
ma liberté!

Et en disant cela il se laissa tomber
sur son grabat, les joues baignées de
larmes, et il s'endormit en sanglotant.

Le lendemain il travailla toute la journée sans beaucoup avancer, car le sujet était difficile : c'était une fête de campagne qu'il avait à peindre, et la composition l'embarrassait. Cependant il parvint à dessiner quelques figures du premier plan. c'était un cabaret, et sous une tonnelle de pampres et de vignes buvaient des paysans; deux d'entre eux jouaient aux tarots, tandis que des spectateurs attentifs suivaient la partie.

François Hall vint sur le soir apporter à Adrien son dîner. Il parut mécontent de voir l'esquisse si peu avancée, et menaça l'enfant de ne pas lui donner à dîner le lendemain s'il ne travaillait pas davantage. Cette menace, loin d'exciter le zèle du petit Brawer, ne fit qu'augmenter son découragement, et le lendemain il ne fit rien ou presque rien. Le maître vint à son heure accoutumée, et ne voyant pas le tableau plus avancé que la veille, entra dans une furieuse colère, tempêta, jura, et finit par s'en aller en remportant le dîner de l'enfant. Cet horrible procédé révolta cette bonne et naïve créature, et dans un moment suprême de désespoir il résolut de se laisser mourir de faim. Cela ne devait pas être très difficile, et son maître lui aiderait sans doute, car il ne lui apporterait rien à manger.

Le lendemain, en effet, François Hall revint, et voyant le tableau au même point, s'empara d'une baguette et en frappa rudement Adrien; puis il s'éloigna sans lui laisser de nourriture. Cette nuit le pauvre Brawer souffrit bien; des douleurs d'estomac le tinrent éveillé toute la nuit; il avait faim, il rôda dans son grenier, espérant trouver quelque croûte de pain dur à dévorer; mais il ne trouva rien. La dure faim le brûlait; sa résolution de mourir s'effaçait devant cette cruelle souffrance. Il appela, pria, supplia François Hall; mais celui-ci, bien repu, dormait dans un bon lit, tandis que son élève, ou plutôt sa victime, se mourait sur un grabat. Le jour vint, et Adrien essaya de se traîner jusqu'à son chevalet; il saisit sa palette d'une main faible et ébaucha quelques traits; mais sa tête était lourde, ses yeux vacillaient dans leur orbite, ses sens l'abandonnaient à tout instant : enfin, épuisé de douleur et de besoin, il tomba évanoui au pied de son tableau.

Le vieux peintre vint ce jour-là deux heures plus tôt. Il trouva Brawer la face contre terre, étendu sans mouvement. La pitié s'empara pour quelques instants de cette âme cruelle, et il se repentit de sa dureté. Il appela aussitôt sa vieille servante, qui lui aida à transporter l'enfant sur son lit. Il lui fit monter un bouillon qu'il lui fit prendre lui-même, cuillerée à cuillerée. Adrien revenait peu à peu à la vie; mais il était si faible qu'à peine il pouvait se soulever : pendant huit jours il fut bien malade, et le vieux Hall le quittait chaque jour en se disant :

— Allons, j'ai été un peu trop loin. Le beau coup que j'aurais fait là en le laissant mourir de faim, lui qui fait ma fortune ! Ce serait l'histoire de la poule aux œufs d'or que son maître égorgea pour avoir le trésor qu'il croyait dans son ventre ; quelle maladresse ! Je le soignerai mieux à l'avenir, ce sera tout bénéfice ; car Brawer promet de devenir un grand peintre. Il est timide, je le dominerai toujours par l'ascendant de ma volonté ; il ignore son talent, je lui laisserai toujours croire qu'il n'est qu'un pauvre élève ; et puis il est si pauvre : sa misère me répond de lui.

C'est ainsi que cet homme infâme spéculait sur un pauvre enfant plein d'avenir.

De ce jour Adrien Brawer fut mieux traité ; mais il avait pris en horreur cette maison maudite et son tyran. Il avait résolu de secouer ce joug qui pesait sur lui, et il devait y parvenir; car Dieu vient toujours au secours de ceux qui sont faibles et malheureux. Mais pour que le projet de sa fuite réussit, il fallait s'envelopper du plus profond mystère et n'en rien laisser soupçonner. Il avait projeté de s'échapper, d'aller voir sa mère un instant, de lui raconter ses peines qu'il n'avait jamais pu lui dire, car le vieux peintre était toujours là quand Marthe venait voir son fils; puis, après quelques instants passés près d'elle, il s'enfuirait bien loin de cet homme indigne qui l'avait fait tant souffrir.

Il se mit donc à esquisser un grand tableau que lui avait commandé François Hall; puis un soir il se mit à dévisser les gonds de la porte de son grenier, à l'aide d'un vieux couteau. En une heure ce fut fait; la porte de sa prison était ouverte. Mais un obstacle l'arrêtait : il y avait cinq ans à peu près qu'il était entré dans cette maison, et il ne s'en rappelait plus la disposition intérieure; s'il allait se tromper et entrer chez son maître! A cette pensée une sueur froide coulait de ses tempes, et il tremblait de tous ses membres. Cependant il se confia à sa bonne étoile. Il avait quitté ses souliers pour ne pas faire de bruit. Il traversa donc un corridor et se trouva à l'extrémité d'un escalier. Se cramponnant à une rampe en fer, il commença à descendre. Il se trouva bientôt sur un palier : était-il au rez-de-chaussée ou au premier? Il pensa être au premier, car de la fenêtre de son grenier la maison lui paraissait bien haute; en effet, l'escalier continuait. Il descendit vingt marches encore, et se trouva en bas dans une obscurité profonde; il s'avança, les mains en avant, et se heurta contre une porte, puis contre une autre, qui n'avaient pas de clef aux serrures. En tournant il se trouva dans un long couloir d'où l'air venait plus frais; cela lui fit penser que ce couloir menait à la porte de la rue. Cet espoir le fit s'élancer si rapidement qu'il se frappa le front contre la porte et tomba à demi évanoui du coup qu'il s'était donné. Après quelques instants de repos, il se leva, tâta la serrure, et la trouva vide. Il n'y avait pas de clef!

— Mon Dieu! s'écria-t-il, je suis perdu, c'est fini! il faut donc mourir ici!

Et il se laissa presque tomber contre le mur.

Un bruit argentin le réveilla soudain: sa main chercha dans l'ombre d'où pouvait provenir ce tintement, et il reconnut que c'était le son d'une clef sur la pierre du mur: elle était accrochée à un gros clou; ce devait être celle de la porte, et ce l'était en effet. Mais la clef pouvait grincer dans la serrure, François Hall pouvait l'entendre, et arriver avant qu'il fût dehors. Il prit donc la clef, remonta rapidement dans sa chambre, fit à la hâte un petit paquet de ses hardes, jeta dans un mouchoir quelques fioles qui contenaient des couleurs en poudre, prit son trésor, qui se composait d'un florin; puis, après avoir enduit d'huile la clef bénie, il prit ses souliers d'une main, son paquet de l'autre, et quitta cette chambre où il avait été cinq ans prisonnier. La porte s'ouvrit sans bruit : il sortit, la referma avec soin à double tour, et emporta la clef; puis, mettant ses souliers, il se mit à courir comme un fou dans les rues désertes, poussant des cris de joie, sautant, gambadant, ne se possédant pas.

— Libre! libre! disait-il. Adieu, grenier maudit où se sont écoulées les plus belles années de mon enfance! Et toi, vieillard méchant, sois maudit! que Dieu te punisse de tes cruautés!... Maintenant, adieu à ma mère!

Le jour commençait à poindre; il arriva à la maison de Marthe, la réveilla, et tout effrayée elle vint ouvrir à ce matinal visiteur. Quand elle aperçut Adrien, elle poussa un cri, en disant :

— Mon enfant, c'est toi! qu'est-il donc arrivé?

— Rien, ma mère; je me suis sauvé de chez mon maître.

— Oh! Adrien, c'est mal ce que tu as fait là.

— Ma bonne mère, ne me condamnez pas sans m'entendre.

Et en peu de mots il lui raconta toutes les souffrances qu'il avait endurées.

— Et tu ne me disais pas cela? s'écriait Marthe en versant des pleurs.

— Le pouvais-je? mon maître n'était-il pas là, toujours là? et m'auriez-vous cru?

— Eh bien! reste avec moi; je le ferai punir : nous irons porter notre plainte au bourgmestre.

— Non, ma mère, laissons ce méchant

à ses remords ; Dieu le punira pour nous. Moi, je fuis cette ville, et je vais en Hollande ; là je serai libre et en sûreté.

Et, malgré les efforts de Marthe, le jeune homme partit à pied. Sa mère vida sa bourse dans la sienne : il y avait une douzaine de florins ; puis elle lui donna sa bénédiction.

En ce moment cinq heures sonnaient à une église éloignée ; Brawer embrassa tendrement sa mère, et s'éloigna non sans jeter un regard à la petite maison, un baiser à celle qui l'habitait, et qui du seuil le regardait partir.

Sur la route, Adrien coupa un bâton à un houx sauvage et continua lestement sa route. Quelques jours après il entrait dans la capitale de la Hollande, dans Amsterdam. Ce fut là qu'il se réfugia. Toujours avide de gloire et de renommée, toujours ardent disciple de la peinture, il chercha à gagner sa vie avec son pinceau ; il avait loué dans une auberge une modeste chambre dans les combles, il avait acheté des pinceaux, une toile, et sans chevalet il avait commencé un tableau. Mais son argent s'épuisait, des florins de sa mère il ne restait plus rien, et après quinze jours de séjour l'aubergiste lui demanda le prix de son loyer. Brawer le supplia de patienter encore un peu, en lui disant qu'il terminait un tableau.

— Quoi! lui dit l'aubergiste, vous attendez pour me payer après l'argent que vous rapportera votre tableau? personne n'en voudra.

— Pas même vous, pour le prix de mon loyer?

— Moi! recevoir des tableaux en paiement de mes ragoûts et de mes chambres? pas si sot. Ah! si c'était grand comme l'ongle de M. Pierre Rubens, je ne dis pas; mais de vous, non, non. Et encore qu'avez-vous peint sur votre toile? une querelle de cabaret, du grotesque;

mais, mon ami, personne n'en veut plus :
c'est réjouissant, je l'avoue ; mais cela
manque de noblesse.

— Mais c'est un genre comme un autre, et je pourrais vous citer des noms
immortels, reprit Brawer.

— C'est possible ; mais toutes ces belles paroles ne me payent pas. Ecoutez,
je vous donne jusqu'à demain.

Brawer remonta dans sa chambre, re-
toucha quelques parties de son tableau,
et sortit pour le vendre. Il entra dans
plusieurs maisons où l'on achetait les
toiles des maîtres, mais personne n'en
voulait. Enfin, désespéré, il revenait à
son auberge, lorsqu'il avisa dans une
rue non loin du canal une petite bouti-‘
que noire, enfumée : il y avait en montre deux tableaux assez médiocres.
Adrien entra le cœur serré.

Devant une table, un petit vieillard faisait trébucher de l'or ; un jeune homme
aux grands yeux bleus, aux cheveux

blonds, aux vêtements splendides, le re-gardait faire en souriant.

Brawer présenta son tableau d'un air humble. Le jeune homme l'examinait avec la plus vive attention, tandis que le petit vieux, armé d'une loupe, le scrutait en connaisseur. Le jeune homme s'é-criait à chaque instant :

— Admirable ! merveilleux !

— C'est vous qui avez fait cela, mon petit ? dit le vieux brocanteur.

— Oui, Monsieur.

— Diable ! vous avez donc commencé bien jeune. Quel âge avez-vous ?

— J'ai commencé à cinq ans, et j'en ai quatorze.

— Vous avez des dispositions, mon ami.

— Comment, vieux Josué, tu appelles cela des dispositions ? reprit le beau jeune homme ; mais ce tableau est un chef-d'œuvre.

Le brocanteur ne répondit rien ; et s'adressant à Adrien Brawer :

— Combien en voulez-vous ?

— Ce qu'il vous plaira, répondit modestement Adrien.

— Moi, j'en donne cinq cents écus, reprit vivement le jeune homme.

Brawer avait fait un vif mouvement de surprise.

— Et moi six cents, dit le brocanteur.

Et tirant de l'or de son tiroir, il le donna au jeune peintre, en lui disant :

— Apportez-m'en beaucoup comme cela, je vous les paierai tous le même prix.

Cette somme énorme éclaira Brawer sur son mérite, et il se voua à ce genre grotesque qui l'a immortalisé.

Le beau jeune homme lui prit la main, en lui disant :

— Je suis peintre aussi ; je me nomme Van Dick ; venez avec moi à Anvers, je vous présenterai à mon maître, le grand

Pierre -Paul Rubens. Désormais vous se-
rez mon ami.

Adrien Brawer rentra à son auberge,
paya magnifiquement l'aubergiste qui
avait douté de son talent, et partit le
lendemain pour Anvers.

ISABELLE.

Le plus mauvais service que l'on puisse rendre aux enfants, c'est de les gâter, de les cajoler, de s'extasier devant leurs bavardages, de paraître enchanté de tout ce qui sort de leur bouche, de les laisser toucher à tout, et de craindre même d'arrêter leurs petites colères, dans l'idée qu'on pourrait les rendre malades : mieux vaudrait les maltraiter sans sujet, les gronder, les punir.

Par la suite, les enfants, élevés durement, vous en sauront plus d'obligation que ceux que vous aurez plongés dans une perfide mollesse, car vous les livrez sans force à toutes les vicissitudes du sort.

Lisez donc avec fruit cette historiette.

Isabelle, fille unique, était, à l'âge de dix ans, une *enfant gâtée* dans toute la force du terme; ses moindres caprices étaient des ordres dans la maison; elle commandait en petite reine, et faisait trembler tous les domestiques, qui la redoutaient comme le feu, et ne la désignaient que sous le nom du *petit Monstre.*

Son père, son malheureux père, aveuglé par sa tendresse, avait la faiblesse de prendre pour des traits de génie ce qui n'était que des traits de cruelle malice et même de cruauté. Par exemple, madame de Saint-Hilaire, sa mère, avait deux charmantes tourterelles qui, le

cou orné de nœuds de ruban rose, venaient, à ses ordres, voltiger sur sa tête
et se fixer sur son doigt; eh bien!
Isabelle, jalouse que d'autres objets
qu'elle occupassent le cœur de sa ma-
man, jura de les faire périr, et, à cet effet,
glissa quelque chose de malfaisant dans
leur manger.

Les deux pauvres tourterelles mouru-
rent en un clin d'œil et on attribua à une
prétendue maladie ce qui était le résul-
tat de l'action la plus noire. Cependant,
personne parmi les domestiques ne fut
sa dupe, principalement Justine, sa
femme de chambre, qui l'avait vue glis-
sant dans la graine des tourterelles une
poudre mortelle aux oiseaux.

Justine s'en ouvrit même à Monsieur:
« *Eh bien! quand cela serait, Justine*, dit ce
» père fanatique des vices de sa fille, *je*
» *ne verrais là qu'une nouvelle preuve qu'Isa-*
» *belle veut une place sans partage dans le cœur*
» *de sa mère.* »

Justine se retira confuse des suites de son zèle malencontreux; mais notre *petit monstre*, qui épiait soigneusement les moindres actions de tous les domestiques, et les accusait souvent sans raison pour les faire chasser, finit par apprendre l'entretien de Justine avec son père, et bientôt, irritée au-delà de toute expression, elle jure la perte de cette fille sage et dévouée.

Pour y parvenir elle glisse, dans ses matelas, un collier de perles qu'elle l'accuse de lui avoir volé. — Perquisitions faites dans la chambre de Justine, dans son lit, le collier fut trouvé; la pauvre innocente, affreusement calomniée, est renvoyée honteusement.

Isabelle triomphe; mais sachez, enfants, que le triomphe des méchants est toujours de très courte durée.

Quelques années s'écoulent encore, et les défauts d'Isabelle n'en deviennent, chaque jour, que plus odieux et plus insupportables. C'est un démon qui, d'un ton insolent, prétend qu'on est trop heureux de la servir; elle méprise surtout les pauvres; leur aspect seul, leurs lambeaux dégoûtants, dit-elle, blessent ses regards.

L'insensée!!! elle ne sait même pas que l'œuvre la plus agréable à Dieu est de sourire aux indigents, d'entrer dans leurs peines, de secourir leur misère, et d'écouter avec intérêt leurs plaintes! Dieu aime les pauvres; Jésus-Christ a vécu dans la pauvreté : *Mon royaume*, disait-il à ses apôtres, *n'est pas de ce monde;* et l'histoire nous apprend que les plus grands monarques s'honoraient d'aller visiter les pauvres malades, et de secourir l'indigence.

Ainsi la charité, la bonté, enfants, doivent être les seules qualités dont vous puissiez justement être orgueilleux; car, au moment où vous vous y attendez le moins, votre fortune s'écroule, et vous avez bientôt besoin de ceux que vous avez le plus méprisés.

Si vous êtes dans la richesse, soyez donc modestes, doux et bons avec les domestiques ; je ne saurais trop vous le répéter : qui peut, d'ailleurs, assurer qu'aucun revers ne viendra renverser l'édifice fragile de l'opulence?...

Ecoutez bien, mes petits amis, ce qui arriva à la méchante Isabelle, et soyez orgueilleux ensuite si vous l'osez.

Un grand luxe régnait dans l'hôtel de M. de Saint-Hilaire ; mais, tout-à-coup, des huissiers, des créanciers fondent sur la maison, saisissent les meubles ; c'est une faillite énorme, complètement déclarée. Madame de Saint-Hilaire, frappée comme un coup de foudre, meurt subitement ; M. de Saint-Hilaire est conduit en prison ; et enfin, Isabelle, qui commandait en tyran dans l'hôtel, se voit l'objet de toutes les moqueries ; le dernier des laquais lui reproche sa dureté, sa barbarie; son abaissement cause la joie commune, et ses pleurs, qui coulent en abondance, ne peuvent émouvoir de compassion tous les railleurs qui l'entourent.

Voilà le digne prix qu'on recueille de son insolence, quand une fois on tombe dans l'adversité; au lieu que, si l'on est doux et indulgent, vous voyez partout les larmes couler des yeux de ceux qui vous ont servis.

Isabelle, justement châtiée, était loin de causer de pareilles consolations; au contraire, c'est un concert général de malédictions contre elle.

Dans cette rumeur, Justine, l'infortunée Justine, se présente à l'hôtel; elle rapportait des dentelles qu'elle avait raccommodées pour madame de Saint-Hilaire, et que cette dernière lui donnait en secret pour l'indemniser du tort qu'on lui avait fait; elle s'informe de ce qui se passe; on lui raconte tout en peu de mots, et on lui montre, avec de nouveaux airs de dérision, l'orgueilleuse Isabelle fondant en larmes, et n'ayant plus le sein d'une mère indulgente pour y verser ses chagrins.

Sur ces entrefaites, les scellés sont apposés sur tous les appartements ; Isabelle, naguère si opulente, n'a donc plus un seul oreiller pour poser sa tête : son lit même est mis sous le sceau de la justice ; tout appartient désormais aux créanciers : ainsi, dans cette situation douloureuse, que devenir, que faire ?

Isabelle fond en larmes ; la tête penchée sur son sein, ses sanglots redoublent, elle va étouffer dans sa douleur ; c'est alors que la bonne, l'excellente Justine, oubliant les torts affreux de son ancienne maîtresse, ne voit plus que l'horreur du désespoir où elle est plongée :

« Mademoiselle, lui dit-elle, si jamais on a pu me croire coupable du vol du collier que vous avez voulu m'imputer, c'est en ce moment que je veux prouver à tous ceux qui nous entourent que je suis innocente, en tâchant de vous faire autant de bien que vous avez cherché à me faire du mal : venez; mon logement, mon mobilier sont modestes, il est vrai, mais la plus grande propreté y règne, et quelques vertus en font l'ornement. Je vous enseignerai le travail qui est l'unique sauvegarde de la sagesse, et, dans notre médiocre position, si vous voulez faire quelque bien vous le pourrez encore; car un bon cœur trouve toujours les moyens de pratiquer la bienfaisence. »

En effet, Isabelle, confondue de tant de générosité, accompagna Justine en baissant les yeux; elle apprit avec elle tous les ouvrages de son sexe, perdit petit à petit son orgueil, devint douce, bonne et sensible dans le malheur, ce grand maitre qui donne de si fortes leçons; et quand les affaires de son père furent arrangées, et qu'elle vint à reprendre une partie de son ancien genre de vie, Isabelle, modeste, épurée au creuset de l'adversité, loin de retourner à ses affreux travers d'esprit, continua d'être aimable; et Justine, son inséparable bienfaitrice, revint avec elle non comme sa femme de chambre, mais comme sa meilleure amie.

FIN.

TABLE.

—

FIN DE LA TABLE.

Limoges. — Imp. E. Ardant et C¹ᵉ.